Giacomo Bini

Sulla biblioteca pubblica di Bergamo e circa il decretato traslocamento di essa

Antigonos

Giacomo Bini

Sulla biblioteca pubblica di Bergamo e circa il decretato traslocamento di essa

Ristampa immutata dell'edizione originale del 1839.

1ª edizione 2024 | ISBN: 978-3-38605-341-9

Antigonos Verlag è un marchio della Outlook Verlagsgesellschaft mbH.

Verlag (Editore): Outlook Verlag GmbH, Zeilweg 44, 60439 Frankfurt, Deutschland
Vertretungsberechtigt (Rappresentante autorizzato): E. Roepke, Zeilweg 44, 60439 Frankfurt, Deutschland
Druck (Tipografia): Libri Plureos GmbH, Friedensallee 273, 22763 Hamburg, Deutschland

SULLA

BIBLIOTECA PUBBLICA

DI BERGAMO

E CIRCA

IL DECRETATO TRASLOCAMENTO DI ESSA

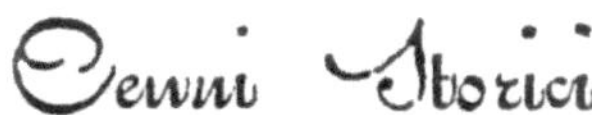

DI

GIACOMO BENE

SOCIO ATTIVO DELL'ATENEO PATRIO

E

MEMBRO CORRISPONDENTE DI VARIE ILLUSTRI ACCADEMIE.

BERGAMO

DALLA TIPOGRAFIA SONZOGNI

MDCCCXXXIX.

A

VINCENZO LANCETTI

Giacomo Biui

Vi presento, illustre amico, di alcune notizie, per me raccolte, spettanti un importante pubblico Stabilimento di questa mia patria, nella ferma persuasione, che vorrete far loro buon viso; sì perchè Voi siete desiderosissimo delle cose istoriche e zelante cultore di tutto quanto si riferisce a bibliografia, e sì perchè il tenue mio dono varrà in qualche modo a manifestarvi, come nè volgere di tempo, nè rigore di lontananza, abbino potuto menomamente affievolire la calda e rispettosa amicizia, ch'io nutro e nudrirò ognora pel *veterano della letteratura Lombarda*, siccome meritamente suoleva appellarvi un dotto e celebre contemporaneo.

Vi ricordi dunque, mio caro LANCETTI, che la Biblioteca pubblica di Bergamo, se non può vantare una illustre origine, deve però essere annoverata tra le più cospicue librerie delle Città provinciali d'Italia. E nel vero ove si badi alla sua recente formale istituzione e più alla tenuità del suo patrimonio, la è proprio meraviglia, ch'essa di già ammonti a più di sessanta mila volumi.

Questa Città avea una antica libreria, composta specialmente di parecchie opere legali e di alcuni codici, risguardanti l'antica e moderna patria istoria: e tra questi merita distinta considerazione quello, che in lingua latina contiene la vita di Bartolomeo Colleoni di Antonio Cornazzani, scritto elegantemente in pergamena con bellissimi caratteri d'argento. Questa Biblioteca emerge da un aggregato di libri, in minima parte della Cattedrale: dico minima, poichè è certo che il Capitolo aveva una libreria molto meschina; e quando alcuni Canonici e alcuni preti Cappellani della Cattedrale progettarono formarne una dicevole e decorosa, e a tale oggetto si obbligarono in iscritto contribuire quella somma, che ciascuno credette conveniente; per quantunque queglino acquistassero due copiose e pregievoli librerie di due privati; tuttavolta queste non si debbono considerare speciale proprietà del Capitolo, perchè vestono un carattere pubblico; siccome quelle che furono pagate dal Municipio pressochè nella loro integrità: il che risulta dall'amministrazione de' conti della Biblioteca presentati a questo Municipio, sotto il numero 1200 del giorno 12 febbrajo 1803. Emerge dessa altresì da molti libri delle Biblioteche dei Conventi soppressi tanto nella Città, che nel Dipartimento, ed in gran parte pervenuti col mezzo di legati e donazioni, o acquistati con pubblico dinaro.

La cospicua libreria del Cardinale Furietti (i cui pregiati volumi, che la costituivano erano contenuti in trentasei casse, come si ricava dai registri Municipali) lasciata dal medesimo a pubblico vantaggio de' suoi concittadini, arricchì di molto la patria Biblioteca, specialmente in opere di antica erudizione, nella quale primeggiava quell'illustre letterato. Ottenne onorevole incremento ancora dalla esemplare munificenza del veneto Governatore Lodovico Contarini, la memoria del quale sarà sempre cara agli abitanti di Bergamo, che, per dimostrarne la gratitudine, innalzarono ad onore del medesimo, sopra una pubblica piazza un magnifico monumento piramidale colla iscrizione alla base = *Publica Bibliotheca ditata.* Un tale esempio di munificenza fu imitato sotto il cessato italiano Governo da un altro benemerito magistrato, prefetto del Dipartimento, il cavaliere Vincenzo Camillo Brunetti.

La sala però in cui si trovava conservata la Municipale libreria era angusta ed incomoda, nè abbastanza capace di contenerne tutti i libri. Volendosi perciò procurare al pubblico una più ampia Biblioteca, con un locale atto a capire tutti que' libri, che per le circostanze politiche erano divenuti di pubblica pertinenza, e di comunale proprietà, la Municipalità provvisoria nel 1797, con quel potere di cui in allora era investita, avocò a questa nazione la Biblioteca Capitolare della Cattedrale.

Questo decreto, unitamente a quelli con cui furono assegnati all'Ospitale ed all'Orfanotrofio del Conventino le sostanze di alcuni monasteri, ebbe forza di legge, e fu dal Governo supremo di que' tempi solennemente sanzionato col noto decreto 9 Novembre 1797 (6 Brumale anno VI) in cui si dichiara = che *i decreti emanati dai Governi provvisorj riporteranno la loro piena esecuzione.*

Resa così di proprietà pubblica la predetta Biblioteca Capitolare, furono nel locale di questa, siccome abbastanza vasto, traslocati i libri della Città; vi fu trasportata tutta intiera la Biblioteca de' Benedettini d'Argon, ricca molto e per pregio di opere e per numero di volumi; ed ivi pure furono riunite le librerie dei Domenicani, degli Agostiniani, e di varj altri monasteri soppressi a quell'epoca del Governo Cisalpino.

Dopo questa unione di libri fatta alla rinfusa, e senza inventario alcuno, la custodia della Biblioteca rimase presso la Municipalità, ma per pochi mesi; poichè cessato il Governo predetto, le chiavi della Biblioteca, ch'esistevano presso l'Ufficio Municipale, furono date alli Signori Canonici in virtù di un decreto (1.º Luglio 1799) di S. E. il Sig. Conte Cocastelli I. R. Commissario, ingiungendo ai medesimi di formare un catalogo separato dei libri della Città e delle soppresse corporazioni per la conveniente restituzione, e ciò per la massima in allora superiormente stabilita di ripristinare ogni cosa sul sistema Governativo del 1796.

Per poco tempo queste chiavi rimasero presso li Signori Canonici, poichè stabilitosi il Governo della Repubblica Italiana, la Città ritornò al possesso della Biblioteca. In tali vicissitudini questo scientifico Stabilimento non fu di utilità alcuna al pubblico, e non ebbe alcuna sistemazione. L'unione di tanti libri fatta alla rinfusa, ed a cui non si era dato alcun ordine sistematico richiedeva un provvedimento. Fu destinato un bibliotecario per classificare quell'ammassamento di libri: e l'elezione con molto accorgimento del Municipio si verificava nella rispettabile persona di un amico vostro, ottimo LANCETTI, di un uomo benemerito delle patrie lettere, stimato dall'universale pella sua dottrina e caro a tutti i buoni per le sociali virtù ond'egli è adorno: uomo ch'io tengo in conto di mio institutore, e alla cui cortese amicizia debbo non poca parte delle nozioni, ch'io vo discorrendo: e questi era l'Abate Agostino Salvioni. Si stabiliva pertanto doversi la Biblioteca pubblica aprire ogni giorno a comodo comune per lo spazio di quattr'ore, siccome, con vantaggio specialmente della studiosa gioventù, si è per quarant'anni con generale approvazione praticato, e tuttavia si pratica.

La Biblioteca venne ancora di molto arricchita coll'unione dei libri più pregievoli delle corporazioni che nella Città, o nel Dipartimento si andavano in seguito sopprimendo; colle donazioni fatte dal Governo, e da alcuni privati: tra quali è doveroso ricordare le benefiche disposizioni di due colti concittadini, il Canonico Camillo Co. Agliardi, e Luigi Marchesi, che legavano una ricca suppellettile di libri alla pubblica Biblioteca: ma che per cause estrinseche, accennando alla testazione Agliardi, non tutti i disposti volumi di sua proprietà pervennero al donato Stabilimento. In pari tempo aumentava dessa coll'acquisto di una copiosa e rara collezione di circa due mila volumi di opere scel-

tissime relative tutte alle belle arti, per la somma
di lire tredici mila milanesi, per le cure della in
allora Autorità amministrativa del Dipartimento; e
con gli annui acquisti per la somma di circa venti
mila lire sui fondi della Biblioteca. Grande ornamento ebbe ancora dalle collezioni di libri appartenenti a due chiarissimi letterati Gio. Battista Rota,
e Giuseppe Beltramelli: collezioni assai pregievoli e
stimate, l'una per dovizia di classici greci e latini,
l'altra per rarità di edizioni e di codici; e per la
prima consta, che la Municipale amministrazione
sborsasse lire trenta mila provinciali.

In questi ultimi tempi la Città nostra con vi-
stoso dispendio, ma con savio consiglio, fece pure
acquisto di circa tre mila volumi di opere rare e
sceltissime di scienza fisico-matematica, appartenenti
alla biblioteca Achille Alessandri, fratello del fu
Senatore. E siccome in questa preziosa collezione si
rinvengono raccolti, fino a una cert'epoca, gli atti
delle Accademie scientifiche di Parigi, di Berlino,
di Gottinga, di Pietroburgo, di Lipsia, di Londra,
gli atti dell'Accademia asiatica di Calcutta, quelli
della Società Elvetica di Basilea, le transazioni della
Reale Società d'Edimburgo, le osservazioni della
Società fisica di Londra, il giornale astronomico di
Berlino, gli atti e le memorie dell'Accademia del
Cimento, gli annali di chimica e di fisica di Parigi,

gli atti dell'Accademia di Torino, le memorie dell'Accademia di Padova, i commentarj dell'Istituto delle Scienze di Bologna, le memorie dell'Istituto italiano, quelle della Società italiana, quelle dell'Istituto delle Scienze fisico-matematiche di Parigi, il giornale della scuola politecnica pur di Parigi, il giornale matematico di Crelle, in tedesco, quello pure di matematica di Gergonne e Lavvernede, ecc. ecc. perciò sarebbe desiderabile che la sapienza del Bergomense inclito Municipio, con tanto zelo sorretto, come Podestà, dal Nobile Signor Conte Pietro Moroni, Ciambellano di S. M. I. R. A., Cavaliere della corona ferrea, personaggio quant' altri mai colto, illuminato e filantropo, e da altri Nobili Assessori, del pubblico bene e del patrio decoro egualmente zelantissimi, adoperasse ogni sforzo per ottenere la completazione di questi venerandi depositi delle scienze positive, e conseguentemente perdurasse nella continuazione di essi; il che sarebbe con indicibile utilità degli studiosi di così importanti materie, ed anche con annuale tenue spesa del Comune, ove, verificatasi la completazione, si addivenisse in annata.

Alcuni di questi libri impertanto che si trovarono identicamente duplicati a motivo delle accennate concentrazioni, furono, come era conveniente, alienati per fare dei cambi, o per fare acquisto di opere scelte e stimate, delle quali non era ancor fornita la Biblioteca. Queste alienazioni però si sono fatte con la Superiore approvazione, e si è procurato mai sempre l'utilità maggiore, ed il possibile vantaggio del pubblico Stabilimento; precipuamente mercè le solerti cure dell'eruditissimo e benemerito nostro Salvioni.

Per aumentare poi la capacità del locale si sono spese nel 1804 lire 5493 di Milano nella costruzione dell'Atrio e di due stanze accessorie al servigio della Biblioteca.

Questa Libreria ch'ebbe origine da private contribuzioni, e da pubblici sussidii, fu, a un certo tempo, dai Signori Canonici, con parte capitolare, dichiarata del Capitolo in corpo; non senza disapprovazione de' Preti Cappellani, che avevano essi pure contribuito nelle spese. In seguito per poterla dotare di rendite con beneficii semplici clericali, e perchè fosse capace di legati testamentarii, fu dichiarata di pubblico uso. Poichè altrimenti non si poteva ciò ottenere sotto la Veneta legislazione.

In fatti sotto questo pubblico rapporto fu dal Veneto Governo, con lettere Ducali 6 Agosto 1791, dotata di due beneficii semplici, secolarizzati a favore della Biblioteca per *essere aperta a comune profitto*. Locchè stabiliva ancora un diritto di Governativa sorveglianza. Fu in conseguenza di questa condizione, e sotto l'aspetto di uso pubblico, che venne giudicata capace di adire il legato testamentario del Sig. Canonico Conte Agliardi, i cui libri, come avvertiva dianzi, per mala sorte, non tutti pervennero alla Biblioteca.

Quando per ciò la Municipalità provvisoria avocò a se la libreria del Capitolo, questa non era di proprietà particolare, ma era stata, con Sovrana sanzione, dichiarata di pubblico diritto; e godeva di quella dotazione, che piacque al Governo di assegnarle, come a pubblico Stabilimento. Sicchè l'atto della Municipalità deve essere considerato piuttosto come un avocazione di amministrazione, che una soppressione di proprietà.

Per quanto poi risguarda la dotazione di questo scientifico Stabilimento, questa consiste nei prodotti di alcuni fondi stabili di un beneficio semplice, e di alcuni legati. Erano due i beneficii assegnati dal Veneto Governo alla libreria Capitolare per le spese occorrenti e per acquisto di libri; ma l'agenzia de' beni nazionali avendo, per decreto Governativo, avocati a se nel 1798 i fondi di questi beneficii, passò alla vendita di uno di essi, ed era per subire la stessa sorte ancora l'altro, quando l'Amministrazione Municipale si diede tutta la premura di far valere i diritti della Città, sui predetti beneficii; salvò dalla vendita, e richiamò a se il beneficio non ancora venduto. E siccome poi l'alienazione del primo beneficio era contraria alla legge, che non permetteva la vendita de' fondi addetti alla pubblica istruzione, così l'Amministrazione Comunale non cessò di fare i dovuti ricorsi per essere indennizzata dei danni recati da una vendita illegalmente eseguita: e a tempi debiti si sono insinuate le carte relative all'Ufficio di liquidazione del debito pubblico, e non si è mancato di far valere i giusti diritti, ma con fortuna poco felice.

Attiguo al locale della Biblioteca, sebbene separato dalla medesima, esiste pure l'Archivio Capitolare, ricco di preziosi documenti, addivenuto anch'esso proprietà del Comune, cui già fu consegnato dagli stessi Signori Canonici. Le chiavi perciò stavano altra volta presso il Bibliotecario per comodo e servizio di chi amava a tal fiata esaminare le antiche pergamene. Il nostro Salvioni ebbe cura di collocarlo in quella disposizione, ch'egli credette la più conveniente: ad eccezione dei rogiti notarili, che si dovettero depositare nell'Archivio generale. Se non che col volgere del tempo, e per cause ch'io non saprei ben indicare, le chiavi di esso, da alcuni anni, tornarono sotto custodia de' Reverendi Canonici; i quali, cortesi sempre, si prestano, ogni volta accada, a favorire le brame dell'erudito che indaga nelle origini delle cose patrie, dell'antiquario che fruga e chiosa in vecchie carte, del diplomatico che svolge e decifra papiri. Su tutti questi documenti il Canonico Mario Lupi elaborò la eruditissima sua opera: *Codex Diplomaticus Civitatis, et Ecclesiæ Bergomensis.*

Il Venerando Capitolo della Cattedrale, collegio che in ogni tempo produsse alla patria ed alla chiesa Bergomense uomini insigni per dottrina e per santità di costumi, nel 1816 circa, trovò di accampare dei titoli di proprietà sulla pubblica Biblioteca a carico dei diritti comunali; ma rimase giacente la vertenza fino a che nel 1828 rimise egli in campo cosiffatta controversia, la quale venne poi definitivamente ultimata con venerato Decreto Governativo del mese di Ottobre 1838 a favore della Regia Città. E sì fu appunto che dietro questo decreto, l'Inclito Municipio s'infervorò a dar mano e ad operare pel sospirato trasporto della Biblioteca in luogo più comodo ed opportuno. Prova ne sieno le opere relative, che sono già innoltrate; e per le quali il Comune oltrepasserà le lire ventimila di spese.

Il locale dove attualmente esiste la Biblioteca, posto sopra le sagristie del Duomo, quantunque assai vasto, con sale attigue, pure non era bastantemente capace per contenervi tutti i libri; d'altronde la sua altezza di circa cento gradini era grave incomodo per le persone studiose. Perciò la Municipale Magistratura con opportuno consiglio stabilì di trasferirla nel palazzo vecchio, detto della ragione, perchè in esso i nostri padri istituiti aveano i tribunali di giustizia. Stupendo fabbricato, posto sulla piazza principale dell'alta Città, largo in perfetto quadrato braccia quaranta per ogni lato.

Questa superba antica fabbrica rimase per due volte distrutta dalle fiamme. La prima seguì nell'anno 1453, che di nuovo rialzata, riescì per ampiezza ed architettura delle più cospicue d'Italia. Marcantonio Micheli, patrizio veneziano, nella sua latina descrizione di Bergamo, lasciò scritte tali parole: *ante forum juris attollebatur moles, sive ornamentorum apparatum, sive structuræ soliditatem spectares nulli Galliarum ædificio posferenda.* — Per la seconda volta fu preda delle fiamme li 24 Giugno del 1513, nel giorno in cui Raimondo Cardona, capitano dell'esercito spagnolo, prese militarmente possesso della nostra Città. — Sette anni dopo venne questo edificio rifabbricato per opera dell'egregio architetto Pietro Isabello, detto Abano, nostro concittadino, della cui nuova fabbrica è mirabile assai il congegno della travata che sostiene il tetto; essendo di metri 25, senza alcun sostegno nel mezzo, la lunghezza della corda della travatura. — Questa vastissima sala che servì alcun tempo ancora ad uso di pubblico teatro, è ora compartita in modo, ch'essa può capire quasi un doppio numero di libri di quelli esistenti nell'attuale Biblioteca.

Anche nel *Dizionario Odeporico* del ch. Prof. Maironi è fatta menzione della nostra pubblica Biblioteca e del lodato palazzo vecchio, ma forse non con tutta quella esattezza che si potrebbe desiderare. Ma intanto, giacchè ne cade in acconcio, vuolsi qui detto per onore del vero, che all'illustre professor Maironi, assai benemerito della pubblica istruzione e delle scienze naturali, durerà sempre immacolata la gloria di avere egli pel primo compilato tra noi una formale statistica della Provincia Bergamasca, ed additato un infallibile sentiero ai venturi nepoti. Imperocchè gli ampli materiali che si riferiscono a patria storia, con grave dispendio e con improba fatica per esso lui raccolti ed esposti in diverse sue opere edite ed inedite, saranno mai sempre preziosi ajuti per chi in avvenire intendesse a preparare una statistica più esatta e più compiuta: perchè *facile addere inventis.* — Il professor Maironi era aggregato a diversi Istituti scientifici tanto nazionali quanto stranieri. Di questo illustre concittadino ne disse nel patrio Ateneo il ch. Segretario Ab. Salvioni un ragionato elogio, che venne trasmesso alla Società Italiana residente in Modena, di cui Maironi era membro, per essere pubblicato negli atti di quella insigne Accademia.

Il Conte di Buffon, il più grande naturalista dello scorso secolo, scriveva all'illustre astronomo il Cagnoli, uno tra gli amici distinti del nostro professore: = Se ogni paese avesse avuto un osservatore pari al Maironi, forsi la geologìa del globo avrebbe potuto uscire dalle tenebre delle congetture e dalla incertezza in cui è avvolta.

Ma ritoccando la discorsa materia, sappiate, ottimo Lancetti, che il trasporto della Biblioteca venne proposto dal Civico Consiglio nel 1825, nel lodevole divisamento di eternare la venuta in questa Città di S. M. Francesco I.°, voto solenne, dalla Maestà Sua benignamente accolto. Eccovi l'epigrafe, che discorre di ciò, apposta alla parete del palazzo vecchio, che guarda la piazza de' tribunali.

BIBLIOTHECA . PUBBLICA

MAIUS . AD . COMMODUM . ET . DECUS

HAS . IN . ÆDES . TRANSLATA

AUSPICE . IMP. ET . REGE . FRANCISCO

BERGOMUM . VISITATUM . ADVENIENTE

ANNO . MDCCCXXV

BONO . LITERARUM . OMINE

Se non che le succennate controversie insorte fra lo spettabile Capitolo ed il nostro Municipio, differirono fino adesso la traslocazione della Biblioteca nel destinato palazzo, al qual locale già preventivamente mirava codesta Città, pur troppo conscia di siffatto bisogno. E di vero sino nel 1821 l'I. R. Governo chiese in affitto l'anzidetto palazzo per riporvi l'Archivio Notarile; ma non venne accettata dal Municipio tale proposizione, nutrendo egli il savio pensiero di traslocare in esso quando che fosse la Biblioteca pubblica ad utile e comodo dell'universale.

La nuova fabbrica sarà compita entro l'anno corrente. E subito che le pareti saranno convenevolmente asciutte si eseguirà il traslocamento, sommamente dal pubblico desiderato. A quest'uopo il Municipio delegò il proprio Ingegnere Sig. Francesco Valsecchi, affinch'egli dasse mano ad accomodare pel divisato progetto il vasto salone del palazzo vecchio, il quale è di forma di un quadrato col lato di metri 25 (braccia 40 circa di Milano) come dissi poc'anzi. Infatti il suddetto nostro Ingegnere ideò ed eseguì un opportuno e ben divisato compartimento; mirando egli per quanto era in lui ad armonizzare alla meglio il suo costrutto colle salde e maestose forme architettoniche di questo palazzo vecchio.

Appena salito il grandioso scalone, che nel nuovo locale conduce, ti si para d'innanzi una magnifica galleria, lunga come un lato del salone, e larga metri 8. 84 (braccia 15 circa) decorata con colonne d'ordine corintio, e con un abside alla estremità di ponente, che potrà accogliere una statua. Dessa galleria è illuminata da tre fenestroni gotici verso la piazza vecchia. — Un ampia sala quadrata col lato di metri 16 circa (braccia 21) illuminata da due fenestroni pure di gusto gotico, guardanti verso la piazzetta del Duomo, è destinata a stanziare il maggior numero dei libri di comunale diritto, che verranno ordinati con una generale sistematica disposizione, come si addice ad una ben regolata Biblioteca. — Pei manoscritti e pei codici preziosi si va costruendo una capace sala lunga metri 10 (braccia 16. 8) larga metri 7. 50 (braccia 13 scarsi) con due fenestroni, l'uno verso mezzodì, l'altro verso ponente. Vi debb'essere anche una sala di lettura, che sarà lunga metri 10, ossia braccia 16. 8 circa, e larga metri 8 (bracc. 13) con una fenestra del suddetto gusto, pure verso ponente. — Tutte le pareti di queste sale saranno formate con scaffali aventi una loggia. Si copriranno con volte di centine di legnami, rivestite di cementi. — Il pavimento simulerà il marmo: e a dir comunemente sarà lavorato a terrazza o a scagliola.—

All'ingresso del salone vi è una anticamera, ed una saletta pel Sig. Bibliotecario, con una scala intermedia, la quale mette a due stanze al piano superiore, destinate, a quanto si dice, pel custode. — In questo nuovo ben divisato locale non solo i libri esistenti dell'attuale Biblioteca, ma vi si collocheranno pure quelli, in numero di cinque e più mila volumi, della libreria dell'I. R. Liceo, che per disposizione Governativa deve essere unita alla Biblioteca pubblica.

Questo scientifico Stabilimento ha dovizia di edizioni Aldine, Cominiane, Giuntine, Bodoniane ecc. ecc. Insomma desso ne possiede in copioso numero di tutte le officine dei più riputati tipografi tanto della nostra penisola, quanto stranieri. Senza di che, sappiate, caro Lancetti, e ciò non è poco, ove si badi al limitato patrimonio della Biblioteca, che appo noi non si trascura, anzi si zela per l'acquisto delle più splendide edizioni, che in fatto di lusso tipografico escono alla luce delle stampe tanto in Italia, quanto oltre l'alpi ed oltre mare. Potrei in conferma di quanto asserisco citarvene un catalogo; ma questo sarà mio lavoro di più matura disamina.

Intanto al nostro ch. Salvioni voglionsi le debite laudi per quella costante diligenza, per quel fino discernimento ed amor patrio, che adopera nello sciegliere, sempre con superiore approvazione, libri ed opere di una decisa utilità; mirando egli più presto all'acquisto di opere importanti e costose, anzicchè a volumi di lieve momento e di poca spesa. E questo gli è di vero un savio consiglio. Imperocchè l'opera che costa una decina di franchi può essere comperata da qualsivoglia individuo col proprio dinaro: mentre non può accadere così per tutti, ove si tratti di una che ne costi a migliaja. Oltre che il Salvioni adoperando in tal modo, provvede anche al maggior lustro dello Stabilimento; arricchindolo di sontuose e magnifiche edizioni, proprie, direi quasi esclusivamente, delle pubbliche Biblioteche: come i monumenti dell'Egitto, e della Nubìa pubblicati dal Rosellini; l'incomparabile opera del Litta, famiglie celebri italiane; l'aurea collezione Torinese, assistita dall'insigne Boucheron; le maravigliose tavole anatomiche del Mascagni; la famosa enciclopedia francese (per tacere di tant'altre); opera eterna, poichè mano mano che aumentano le invenzioni e le scoperte, che progrediscono le scienze, le arti, l'industria, il commercio; l'enciclopedia sente e soccorre ognora al bisogno di aggiugnere tratto tratto dei recenti, a' suoi cento antichi volumi; immenso deposito dello scibile umano.

Commendevole poi si rende particolarmente la nostra Biblioteca per molta dovizia e per pregio di

opere nelle materie risguardanti le Belle Lettere,
i Classici Latini e Greci, i Santi Padri, le scienze
fisico-matematiche, gli atti di molte Accademie nazionali ed estere, la Bibliografia, e le Belle Arti.—
La insigne raccolta di libri a queste ultime appartenenti, fatta con assidue e lunghe cure da Pietro
della Valle, ed aumentata da Giuseppe Ambrosioni,
vi si trova, per Governativa beneficenza, tutta intiera riunita. Considerabili furono pure i legati di
tre distinti miei concittadini, l'Ab. Vice-Bibliotecario
Negri, l'Ab. Rubbi, e l'Ab. professore Giani.

La Biblioteca è pure bastantemente doviziosa
di pregevoli e rarissime edizioni del secolo XV,
di codici manoscritti, alcuni ancora autografi di
antichi e moderni scrittori. Parecchi di essi meritano
certamente di essere illustrati, e forse lo saranno
quando l'attuale laborioso catalogo venga opportu-
namente rinnovato e pubblicato. — Il codice però
che contiene la storia antica di Bergamo del lodato
Gio. Battista Rota, è stato già dal ch. Bibliotecario
Salvioni fatto colle stampe di pubblica ragione.
Quest'opera fu ben accolta dai dotti per la profonda
critica e peregrina erudizione di cui è adorna, e
con cui l'autore, rettificando le varie opinioni di
celebri scrittori, dimostra antichissima essere l'origine di questa Città, fondata da quelle celtiche
popolazioni, che dalle regioni illiriche calarono le

prime, in tempi ignoti, ad abitare la parte superiore, sino allora inospite, della nostra Italia. — Un altro codice dello stesso autore, che contiene le illustrazioni delle lapidi raccolte nel Museo di Bergamo, merita pure la pubblica luce per la recondita erudizione ed utili cognizioni, che sparge specialmente sull' antica italica corografia sotto il romano Impero.

Sostenuti pertanto validamente i diritti della Città, conservate in tal modo le proprietà sue, migliorata di lunga mano la condizione di uno Stabilimento scientifico, regolato e servito con tutta la esattezza, che oltre di recare ornamento al paese e di essere apprezzato da forastieri che si portano a visitarlo, arreca al colto pubblico ed alla gioventù studiosa interessanti vantaggi; non è a sfidarsi che in progresso di tempo non sorga qualche generoso tra miei concittadini, in fra quali non fu mai penuria di nobili spiriti, che convinto intimamente della infinita utilità di questo benefico Istituto, compreso dell' attuale suo prosperamento ognor crescente e progressivo, edificato dall' esattezza che si pratica nel servizio pubblico del medesimo, non abbia egli un giorno a legare qualche ragguardevole somma per dirigerlo al massimo suo splendore a maggior lustro e prò della patria; o almeno alla sua morte gli faccia presente di que' libri che rac-

colse con assidue cure, piuttosto che da eredi poco
di lettere amanti vengano dispersi, o a vile incanto
venduti. — E certo s'egli è commendevole e benemerito al cospetto della società l'uomo, che colle
spontanee offerte del proprio censo provvede alla
pubblica indigenza legando a pii istituti, o tal'altro
che mirando a civico-topografici rabbellimenti pro-
fonde in essi e private e pubbliche sostanze: gli è
fuor di dubbio che a cento doppi sarà più merite-
vole della pubblica estimazione quel dabben uomo,
quel savio cittadino che adoprerà ogni maniera di
mezzi, onde immegliare la condizione morale del
proprio simile: imperocchè la coltura dello intelletto
e del cuore, ella è sovra ogni altra cosa, fondamento
di pubblica e di privata prosperità; centro cui aspi-
rano gli Stati, non che tutta l'umana famiglia.
Tertulliano nominò l'uomo: *curam divini ingenii*:
sollecitudine della mente increata. Che se il supremo
facitor d'ogni cosa manifesta tanta cura per l'uomo;
ciò indica senz'altro la somma nobiltà che acquista,
e la gloria a cui perviene il filantropo che giova al
suo prossimo.

A Voi, chiarissimo Amico, non occorre si ac-
cenni la grave importanza di cosiffatti pubblici Istituti: poichè protetti essi dai Governi, tutelati dalle
leggi, sorretti e vigilati dai Municipii, presieduti
de valentuomini zelanti del pubblico bene, mini-

strati insomma con accorgimento e con dottrina; sono dessi la fonte sicura e l'inesausta sorgente dei progressi delle umane cognizioni, ed una delle più potenti molle del sociale incivilimento. Giovano quindi senza fine lo studioso cittadino, che con tenue o niuna spesa ama solidamente erudirsi nei molteplici rami dello scibile e coltivar l'intelletto, dal cui vigore ogni bene deriva. Precipuamente poi siffatti Stabilimenti ajutano il letterato primaticcio che si pone a scrivere, e soccorrono ai non lievi bisogni del giovine artista. Sicchè ben a ragione fino nel dodicesimo secolo, un sapiente prelato, il vescovo di Durham, cancelliere e tesoriere d'Inghilterra, il Sig. Riccardo de Burg, lasciò scritto intorno ai libri in una sua opera = *Philobiblion* = queste memorande parole: — *Hi sunt magistri, qui nos instruont sine virgis et ferulis, sine cholera, sine pecunia: si accedis non dormiunt; si inquiris, non se abscondunt; non obmurmurant, si oberres, cachinnos nesciunt, si ignores.*

Possa la studiosa gioventù adorna d'ingegno e di buon volere, della quale non è carestìa in questa mia diletta patria, profittare di sì nobile e generoso istituto, e fruire di esso con proprio e con sociale vantaggio. Specialmente que' giovani miei concittadini, che formano le più ridenti speranze delle loro famiglie, non che dello Stato, e aspettati sono da splendidi destini, debbono sovra ogni altra cosa valersi di questo benefico Stabilimento, che la Municipale provvidenza ha loro dischiuso. Pensino dessi che l'ora del disinganno scocca per ogni uomo, e che un tardo pentimento non franca le ore buttate nell'ozio e nello scioperìo, e che il tempo e i rimorsi procederanno a rimbrottarci da ultimo le turpitudini dell'intelletto e dello spirito, ove per avventura avremo consunta la nostra prima età della vita nell'infingardìa e nel dissipamento. La gioventù insomma, prezioso rampollo della umana famiglia, dovrebbe innamorarsi ed inspirarsi a quel sublime panegirico dello studio e dei libri, dettato dall'arpinate con romana magniloquenza nella celebre orazione *pro Archia*: » Nam ceterae (*delectationes*), egli dice, neque temporum sunt, neque aetatum omnium, neque locorum: haec studia adolescentiam agunt, senectutem oblectant, secundas res ornant, adversis perfugium ac solatium praebent, delectant domi, non impediunt foris, pernoctant nobiscum, peregrinantur, rusticantur ». Insomma i primi fattori dell'incivilimento sono, giusta mio avviso, le lettere e le scienze: e il cavaliere di Jauncourt non molto si discostava dal mio opinamento, allorchè scrisse: » J'ai l'hardiesse de dire, faut des prejuges, en faveur des sciences e des lettres, quelles fonts fleurir une nation, en repandent dans le ceur des hommes les regles de la raison, les germes de la douceur, de la vertù e d'humanitè, tant neccessaires pour la prosperitè de l'etàt sociel ».

Intanto, mio caro LANCETTI, vi prego di star contento ai pochi cenni che v'offro; i quali però in compendio narrano la genuina storia della Biblioteca pubblica di Bergamo: mentr'io mi riserbo a miglior agio e a tempo più riposato, descrivere ed illustrare, per quanto sarà in me, alcuni preziosi codici e libri rari, che in essa esistono, assumendomi così rimessamente il laborioso ufficio di bibliografo, ma senza agognare allo specioso titolo di erudito.

Continuatemi la vostra benevolenza: e nella mirabile perseveranza dei gravi e malagevoli studj, cui v'applicate da tant'anni con plauso della colta Italia, sappiatevi conservare e star sano in modo, ch'io possa meritamente decorarvi del cognome dato a Didimo, che in greco vocabolo suona = χαλκἰντερος. Addio.

Bergamo, nel mese di Luglio, 1839.

1. Brevi cenni in morte del ch. prof. Ab. Antonio Bianchi, Segretario dell' illustre Ateneo di Brescia. — Bergamo, Tipografia Sonzogni 1828.

2. Proposta di alcuni dubbj circa un passo del Facciolati sulla lingua latina. — Bergamo, Tipografia Mazzoleni 1829.

3. Versione in distici latini di un poemetto epitalamico del prof. Ab. G. Bonicelli. — Bergamo, Stamperia Natali 1829.

4. Compendio di un elogio storico del Direttore Avvocato Andreoli, detto in morte dell' architetto prof. Castellini. — Bergamo, Tip. Sonzogni 1829.

5. Parere intorno i dialoghi sulla educazione privata del Conte prof. Giambattista Carrara-Spinelli. — Tip. Mazzoleni 1830.

6. Esame critico di sei Inni di Omero recati in verso italiano da A. Venanzio. — Tip. Crescini 1830.

7. Lettera, sopra un Sonetto inedito di Jacopo Vittorelli. — Tip. Mazzoleni 1830.

8. Alcune osservazioni sulla memoria del prof. Ab. G. Finazzi, relativa alla eloquenza delle prediche quaresimali di P. Segneri. — Bergamo, Tip. Crescini 1831.

9. Carme, per nozze illustri. — Tipogr. Crescini 1831.

10. Ragionamento sulle opere poetiche di Giovanni Colleoni. — Bergamo, Tipogr. Crescini 1832.

11. Di Rosa Taddei e della poesia estemporanea, Discorso. — Tipogr. Crescini 1832.

12. Estratto di un discorso intorno le qualità fisico-morali degli infermieri destinati ad assistere i malati da *cholera*, detto dal Dott. Palazzini nella sala anatomica dell'Ospital maggiore di Bergamo. — Tip. Crescini 1832.

13. Analisi critica di un poemetto latino di G. Valle, in morte di Don Carlo Steffanini. — Tipogr. Crescini 1833.

14. Relazione di un accademia data dalla Società Filarmonica della Fenice, con un ode della celebre Rosa Taddei. — Tip. Crescini 1833.

15. Trassunto di un discorso del sig. prof. V. Sgualdi, intorno le arti del disegno. — Tip. Crescini 1833.

16. Cenni intorno alcuni ragionamenti sacri del prof Ab. G. Barbieri, con una elegia latina del sig. Valle. — Tipografia Crescini 1833.

17. Relazione di una memoria del Dott. F. Cima, sulle vicende del vaccino e sul vajuolo ne' vaccinati. — Milano Tipogr. Pirotta 1833.

18. Ragguaglio di un accademia data dai Filarmonici della Fenice. — Tip. Crescini 1834.

19. Sul prodigioso calcolatore estemporaneo G. Pugliesi da Palermo, e circa una sua accademia, Discorso. — Tip. Crescini 1834.

20. Annotazioni sulle rime Bortoliniane del sig. P. Ruggeri da Stabello. — Tip. Crescini 1834.

21. Lettera, con una poesia italiana del Conte T. Dandolo, ed altra latina del sig. Valle, e con alcuni cenni risguardanti il celebre pittore Diotti. — Tipogr. Crescini 1834.

22. Sunto di un discorso del Dott. A. Vegezzi, intorno i vantaggi della popolare educazione. — Tip. Crescini 1834.

23. *In funere C. Stephanini, Epicedion.* — Tipis Crescini 1835.

24. Alcuni articoli estratti dal Giornale della Provincia di Bergamo. — Tip. Crescini 1835.

25. Alcune parole, sopra un sonetto del Dott. A. Venanzio, recato in versi latini dal prof. Ab. I. Fornoni. — Tipogr. Crescini 1836.

26. Considerazioni sul primo canto dell' Eupedia, poema didattico del prof. Ab. Gio. Battista Baizini. — Tip. Cresc. 1836.

27. Lettera al ch. prof. L. C. intorno una accademia musicale data dall' *Unione filarmonica.* — Tip. Crescini 1837.

28. Cenni sulla memoria del Dott. G. Contini, risguardante l' uso dello zinco nel *cholera.* — Tip. Crescini 1838.

29. Nota, sopra una visione, poemetto in terza rima, del Dott. A. Negri. — Tipogr. Crescini 1838.

30. Necrologia di G. Ronchetti, e funzione mortuaria celebrata nella arcipresbiterale di Nembro. — Tip. Crescini 1838.

31. Biografia del Dott. Girolamo Brolis. — Tip. Crescini 1838.

32. Relazione d' un accademia di poesia estemporanea, eseguita nell' aula del patrio Ateneo dal Sanese avvocato A. Bindocci. — Tipografia Crescini 1838.

33. Circa Madama Pelzet e la Gismonda da Mendrisio di S. Pellico, articoli due. — Tip. Crescini 1838.

34. Intorno il Sig. Cesare Cantù e la sua storia universale, Memoria. Tipogr. Crescini 1838.